PARA EL SEÑOR T.M

Primera edición en francés,   1995
Primera edición en español,   1999
        Tercera reimpresión,   2009

Douzou, Olivier
        Lobo / Olivier Douzou ; trad. de Diana Luz Sánchez. —
México : FCE, 1999
        [28] p.: ilus, 18 x 18 cm — (Colec. Los Especiales de A
la Orilla del Viento)
        Título original Loup
        ISBN 978-968-16-6079-6

1. Literatura Infantil I. Sánchez, Diana Luz tr. II. Ser. III. t.

LC PZ7   Dewey 808.068 D449l

Distribución mundial

© 1995, Éditions du Rouergue, Rodez
Título original: *Loup*

D. R. © 1999, Fondo de Cultura Económica
Carretera Picacho Ajusco 227; 14738 México, D. F.
www.fondodeculturaeconomica.com
Empresa certificada ISO 9001: 2000

Editor: Daniel Goldin
Versión de Diana Luz Sánchez

Comentarios y sugerencias:
librosparaninos@fondodeculturaeconomica.com
Tel. (55)5449-1871. Fax. (55)5449-1873

ISBN 978-968-16-6079-6

Impreso en México • *Printed in Mexico*

oLiviER D°UZ°U

Lobo

LOS ESPECIALES DE
A la orilla del viento
FONDO DE CULTURA ECONÓMICA
MÉXICO

Me pongo
mi
Nariz

Me pongo

mi

Ojo

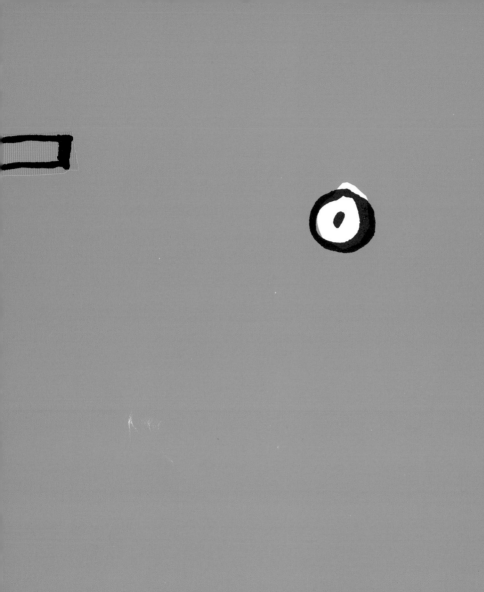

me pongo
mi
otro ojo

me pongo mis
Orejas

Me pongo
mis
Dientes

Me pongo mis Otros Dientes

Me pongo mi Cabeza

Me pongo
mi
Servilleta

GRR

Y me como
mi
Zanahoria

Lobo, de Olivier Douzou,
se terminó de imprimir y encuadernar en junio de 2009
en Impresora y Encuadernadora Progreso, S. A. de C. V. (IEPSA)
Calzada San Lorenzo 244; 09830 México, D. F.

El tiraje fue de 1500 ejemplares.